O aprendiz de feiticeiro

Coleção Mario Quintana
Organização, plano de edição,
fixação de texto, cronologia e bibliografia:
Tania Franco Carvalhal

A RUA DOS CATAVENTOS / CANÇÕES / SAPATO FLORIDO / O APRENDIZ DE FEITICEIRO / ESPELHO MÁGICO / APONTAMENTOS DE HISTÓRIA SOBRENATURAL / ESCONDERIJOS DO TEMPO / BAÚ DE ESPANTOS / A COR DO INVISÍVEL / CADERNO H / PORTA GIRATÓRIA / DA PREGUIÇA COMO MÉTODO DE TRABALHO / A VACA E O HIPOGRIFO / O BATALHÃO DAS LETRAS / PREPARATIVOS DE VIAGEM / VELÓRIO SEM DEFUNTO / NOVA ANTOLOGIA POÉTICA / 80 ANOS DE POESIA

Mario Quintana

O aprendiz de feiticeiro

Centenário Mario Quintana 1906-2006

2ª reimpressão

EDITORA GLOBO

Revisão: Ana Maria Barbosa, José Godoy e Maria Sílvia Mourão Neto

Capa: Isabel Carballo

Projeto Gráfico: Crayon Editorial

Foto da capa: Stock Photos

Foto da quarta-capa: Liane Neves

Dados Internacionais de Catalogação na Publicação (CIP)
(Câmara Brasileira do Livro, SP, Brasil)

Quintana, Mario, 1906-1994
O aprendiz de feiticeiro / Mario Quintana. – São Paulo : Globo, 2005. – (Coleção Mario Quintana / organização, plano de edição, fixação de texto, cronologia e bibliografia Tania Franco Carvalhal)

Bibliografia.
ISBN 85-250-3496-7

1. Coloquialismo 2. Poemas em prosa brasileiros 3. Poesia brasileira 4. Quintana, Mario, 1906-1994 – Crítica e interpretação I. Carvalhal, Tania Franco. II. Título. III. Série.

05-0711 CDD-869.91

Índices para catálogo sistemático:
1. Poemas em prosa : Poesia : Literatura brasileira 869.91
2. Prosa poética : Literatura brasileira 869.91

Direitos da edição em língua portuguesa
adquiridos por
EDITORA GLOBO S.A.
Av. Jaguaré, 1485 – 05346-902, São Paulo, SP
www.globolivros.com.br

Sumário

O aprendiz de feiticeiro: poesia, decifração e transcendência

Maria Luiza Berwanger da Silva

> Os caminhos estão cheios de tentações.
> Os nossos pés arrastam-se na areia lúbrica...
> ....
> Vamos! vamos lançar no espaço – alto, cada vez mais
> [alto! – a rede das estrelas...
> Mas vem da terra, sobe da terra, insistente, pesado,
> Um cheiro quente de cabelos...
> A Esfinge mia como uma gata. (p. 44)

Quinta obra publicada de Mario Quintana, *O aprendiz de feiticeiro* (1950) encanta a todo leitor que filtra, da leitura do poema, a travessia do cotidiano, complexa e enigmática, mas proporcionando um efeito de rara transcendência.

Brinda-nos o poeta, neste livro (pois que apaga voluntariamente fronteiras de tempo e de espaço), com a ilusão da "feitiçaria". Captado já do título, o convite à iniciação a esta prática aparentada à mágica significando transfiguração e travestimento, surpreende o aluno-aprendiz, o mais avisado:

"No porão da casa umas estranhas ex-criaturas com cabelos de teia-de-aranha e os olhos sem luz sem luz e todas se esfarelando que nem mariposas ai todas se esfarelando mas sempre se remexendo eternamente se remexendo como anêmonas fofas no fundo de um poço de um poço!" (p. 29)

diz Mario Quintana em *Cripta*, inclinando-se a atenuar a paisagem da feitiçaria, mundo longínquo e em constante vir a ser; como se, tal em um jogo de graça e de alegria, o poema desse a ver um outro lado, uma margem outra, em que, presentes ou ausentes, figuras ou objetos multiplicados espiassem o poeta em olhar que nos instala no centro do espaço de fabricação poemática. Portanto, o exercício de tecer, de retecer e de relocalizar imagens representa algumas das inclinações que restituem ao poeta e ao leitor a certeza de participar das infinitas modulações do mundo vasto.

Máscaras, apenas máscaras, mas das quais a aparente simplicidade das formas elude a multiplicidade do significado que nos escapa, transmutando-se a cada tentativa de decifração. Poeta, leitor e poema, recicla-os a diversidade de práticas na suave modulação de passos, gestos e palavras colhidas do ato poético que Mario Quintana concede a quem o lê e o segue no tramado da fina textualidade, inapagável. Distanciando-se, portanto, do jogo no qual o desejo de explicitação aproxima mágicos e feiticeiros, o aprendiz-leitor encontra, neste conjunto de versos, o lugar primeiro e de contínua irradiação da emoção estética. Nele, a clarividência da subjetividade ocultada pelo feitiço ressurge na percepção do simbólico como recompensa e plenitude que o poeta concede ao olho e à mão entrelaçados.

Formas, cores, perfumes e vozes plurais tanto afloram desvelando, em parte (e intencionalmente) uma profunda harmonia e coesão, quanto contrariam, evidenciando, a dispersão ilusória sobre a página em branco:

> "Um poema como um gole d'água bebido no
> [escuro.
> ....
> Um poema sem outra angústia que a sua
> [misteriosa condição de poema
> Triste.
> Solitário.
> Único. (p. 38)

Esta inquietação com a forma e sua incidência na contínua explicitação do processo de criação literária constituem talvez ângulos nucleares que chamaram a atenção de Augusto Meyer em sua produção crítica sobre Mario Quintana. Percebeu o primeiro poeta-crítico que a multiplicidade de contatos, diálogos e recepções de outras literaturas e artes, transparecendo no segundo poeta, retornavam sob forma de profunda e lúcida recriação poética:

"Parecia atrapalhado com um excesso de dedos e atirava as pernas como quem vai chutando balões coloridos das mais estranhas formas... Nada mais comovente do que a pressão do canto a abrir caminho no meio de um labirinto de influências e pendores desencontrados a balbuciar, a murmurar, batendo às portas da consciência. E não era possível ajudá-lo em nada: como todo verdadeiro criador, vivia num poço de silêncio, em que só reboava o eco da sua própria voz."

dizem as palavras de Augusto Meyer em *O fenômeno Quintana*[1], sublinhando o traço da lucidez poética, como marca dominante da produção que este modernista-síntese da Literatura Sul-riograndense compartilha com Mario Quintana. Neste sentido, a dedicatória do *Aprendiz de feiticeiro* a Meyer, em sinal de amizade e admiração, figura, sob este gesto de homenagem, a matriz do sentimento lírico, o mais puro, permitindo-lhe traduzir a paisagem da intimidade, também a mais genuína. Dialogar com o poeta-amigo (ou amigo-poeta) corresponde a captar do artesanato do poema o próprio artesanato do qual o ocultamento pela celebração revitaliza e expande a própria identidade. Por isso, nos versos finais que Augusto Meyer dedica a Mario Quintana, em *Poemas de Bilu* –

1 MEYER, Augusto. *A Forma Secreta*. Rio de Janeiro: Lidador, 1965, p.186.

1928/1929[2] (1957), enaltece, no mestre das feitiçarias, este espaço do eu que se multiplica para captar com mais intensidade a diversidade transpessoal:

> "Na vidraça garoenta deste bar,
> namoro meu reflexo vago e esguio".

Cumplicidade do Mesmo com o Outro e desse com o primeiro, poetar lúcido e reconfiguração da subjetividade, eis três perspectivas que permitem ao poeta Quintana dar a ver ao leitor a emergência da palavra poética, da "Pura estrela da manhã", na sugestão deste verso de *As belas, as perfeitas máscaras* (*Aprendiz de feiticeiro*). Percebe-se, neste sentido, em um número representativo de poemas, a associação singular da poeticidade traduzida pelo simbolismo da estrela. Refiro-me à *Boca da noite*, a *Caminhos (estão) cheios de tentações*, a *Bar*, produções poéticas figurativas do prazer do verso como prazer da vida decifrada:

> "Ah, meus pobres botões! eu bem quisera traduzir,
> [para
> [vós, uns dois ou três compassos do Universo!
> Infelizmente não sei tocar violoncelo...
> A vida é muito curta mesmo...
> E as estrelas não formam nenhum nome. (p. 48)

2 MEYER, Augusto. *Poesias*. Rio de Janeiro: São José, 1957, p.171.

Em tais produções, o mundo nomeado pela transparência da palavra filtra o movimento da leitura no qual todo leitor local, nacional, próximo e transnacional, distante, são internacionalizados por este exercício de multiplicação. Fragmentos de voz, músicas e silêncio marcam tais acentos simbólicos, na dicção sensível de Quintana que os acolhe indistintamente; como se a solidariedade da forma propagasse temas, mitos e motivos, pelo duplo espaço da página e pelo geográfico. Melodiosos, neutralizam-se na surpresa do tempo que, "enfeitiçado" e tornado objeto de mágica, resiste e permanece. No fundo, a presença do Outro assegura, consolidando, estes ritos iniciáticos. Tal percurso da reflexão da poesia de Mario Quintana tecido pela feitiçaria legitima-se na obra crítica do intelectual mexicano Octávio Paz, nas palavras:

"O objeto mágico abre diante de nós seu abismo relampejante: convida-nos a mudar e ser o Outro, sem deixarmos de ser nós mesmos... Pedimos à arte o segredo desta mudança e buscamos em toda obra, seja qual for sua época e seu estilo, este poder de metamorfose que constitui a essência do ato mágico".[3]

3 PAZ,Octávio. *La Busqueda Del Comienzo* (*escritos sobre el Surrealismo*). Madrid: Editorial Fundamientos, 1974, p.49-50.

Vista deste prisma, a poesia *Casas*, como evocação da memória de poetas nacionais e estrangeiros, demarca o diálogo com o Outro como sedução da errância infatigável com a qual o poeta compõe o elogio da diversidade. Assim, nos fragmentos deste poema, quando diz:

"A casa de Rimbaud, com portas súbitas e
[enganosos corredores, casa-diligência-
[navio-aeronave-pano, onde só não se
[perdem os sonâmbulos e os copos de dados,
A casa de Apollinaire, cheia de reis de França e
[valetes e damas dos quatro naipes
[e onde a gente quebra admiráveis
[vasos barrocos correndo atrás
[de pastorinhas do século XVIII,
A casa de William Blake, onde é perigoso a gente
[entrar, porque pode nunca mais sair de lá,
A casa de Cecília, que fica sempre noutra parte..."
(p. 26)

Mario Quintana deslocaliza a paisagem poética para relocalizá-la em um espaço outro, diverso e inusitado, sempre se inclinando fortemente a mostrar ao leitor o fundo do mosaico de relações que estabelece com presenças nacionais e estrangeiras citadas explicitamente.

Residual é a lição que legam a todo leitor as composições do *Aprendiz de feiticeiro*: encantam pelos símbolos, ao mesmo tempo que ensinam pelos efeitos poéticos gerados. Entrecruzando-se, ressimbolizam-se. Logo, ao prazer da passagem, o poeta Quintana agrega o da fruição produzida pela certeza de se auto-iniciar e de poder iniciar a comunidade de leitores (reais e virtuais) na consciência do poema. Ao expor esta textura de fios , em prática que evidencia o artesanato teórico, crítico e poético, e, paralelamente, ao retraçar cantos da intimidade lírica, o poeta sistematiza e esclarece para seu receptor o traçado da palavra que fica. Versos como os de *Sempre*:

> "Jamais se saberá com que meticuloso cuidado
> Veio o Todo e apagou o vestígio de Tudo
> E
> Quando nem mais suspiros havia
> Ele surgiu de um salto
> Vendendo súbitos espanadores de todas as cores!
> (p. 32)

desinstalam, como em um passe de mágica, o leitor a todo momento e de modo inesperado, constituindo-se em sucessão de fatos novos que lhe concedem a transfiguração do cotidiano. Poemas como *De repente*, *Depois*, *Noturno* e *Momento*, a título de ilustração, evidenciam o lugar dos sentimentos e das imagens que reinventam o espaço circundante do poeta-leitor, mágico e feiticeiro. Mas o efeito de ressonância maior de *O aprendiz de feiticeiro*, este aflora do jogo de vozes distinguindo "canção", como pintura que reproduz o real, de "cântico", real travestido pela presença quase táctil da poesia:

> "O vento verga as árvores, o vento clamoroso da
> [aurora...
> Tu vens precedida pelos vôos altos,
> ....
> Tu vens do mar, comandando as frotas do
> [Descobrimento!
> ....
> Tu vens montada no claro touro da aurora.
> Os clarins de ouro dos teus cabelos cantam na
> [luz!" (p. 49)

Em *O aprendiz de feiticeiro*, a lição da poesia ultrapassa o projeto do simples desvelar e esclarecer o mistério do mundo e dos homens. Guarda sempre intacto um ângulo indecifrável que oculta e com o qual recomeça a lúdica aprendizagem simbólica da face escondida com que, feiticeiro, o poeta nos atrai e onde nos deixamos prazeirosamente enclausurar. Logo, um passo da leitura é este estabelecido em torno da busca das evidências, outro é aquele no qual, musicalidade do eterno retecer, Mario Quintana ensina ao leitor a transitar pela comunidade de imaginadas feitiçarias, quando o longínquo tempera o gosto da leitura pela certeza da constante travessia:

"Vou andando feliz pelas ruas sem nome...
Que vento bom sopra do Mar Oceano!" (p. 31)

Assim, pois, a temporalidade retida pelo impacto da surpresa, os versos trocados com Meyer como amostragem da subjetividade vasta, o simbolismo da estrela traduzindo a emergência da palavra poética, bem como a errância da subjetividade à matriz do sentimento lírico representam estes alguns dos lugares do imaginário a que Mario Quintana introduz todo aquele para o qual a leitura poética significa decifração e transcendência. Mágicas feitiçarias, em uma palavra, que a constelação dos versos singulares nos concede, fazendo-se pois obra que antecipa exemplarmente *Espelho mágico* (1951)e em que esta perspectiva é sublinhada de modo ainda mais intenso.

Contudo na poesia, o encanto não se quebra; faz-se aprendizado do infinito. Captamos daquelas "estranhas ex-criaturas com cabelos de teia-de-aranha e os olhos sem luz... mas sempre se remexendo eternamente...", o prazer da incessante reconfiguração, feitiçaria da leitura que o tempo não apaga.

O aprendiz de feiticeiro

Para Augusto Meyer

Pino

Doze touros
Arrastam a pedra terrível.

Doze touros.
Os músculos vibram
Como cordas.

Nenhuma rosa
Nos cornos sonoros.
Nenhuma.

Nas torres que ficam acima das nuvens
Exausto de azul
Boceja o Rei de Ouros.

O dia

O dia de lábios escorrendo luz
O dia está na metade da laranja
O dia sentado nu
Nem sente os pesados besouros
Nem repara que espécie de ser... ou deus... ou animal
[é esse que passa no frêmito da hora
Espiando o brotar dos seios.

De repente

Olho-te espantado:
Tu és uma Estrela do Mar.
Um minério estranho.
Não sei...

No entanto,
O livro que eu lesse,
O livro na mão.
Era sempre o teu seio!

Tu estavas no morno da grama,
Na polpa saborosa do pão...

Mas agora encheram-se de sombra os cântaros

E só o meu cavalo pasta na solidão.

Mundo

E eis que naquele dia a folhinha marcava uma data em
[caracteres desconhecidos,
Uma data ilegível e maravilhosa.

Quem viria bater à minha porta?

Ai, agora era um outro dançar, outros os sonhos
[e incertezas,
Outro amar sob estranhos zodíacos...

Outro...

E o terror de construir mitologias novas!

Jazz

Deixa subirem os sons agudos, os sons estrídulos
[do jazz no ar.
Deixa subirem: são repuxos: caem...

Apenas ficarão os arroios correndo sem rumor
[dentro da noite.
E junto a cada arroio, nos campos ermos,
Um Anjo de Pedra estará postado.

O Anjo de Pedra que está sempre imóvel por detrás
[de todas as coisas —
Em meio aos salões de baile, entre o fragor das
[batalhas, nos comícios das praças públicas —
E em cujos olhos sem pupilas, brancos e parados,
Nada do mundo se reflete.

O poema

Um poema como um gole d'água bebido no escuro.
Como um pobre animal palpitando ferido.
Como pequenina moeda de prata perdida para sempre
[na floresta noturna.
Um poema sem outra angústia que a sua misteriosa
[condição de poema.
Triste.
Solitário.
Único.
Ferido de mortal beleza.

Floresta

Dédalo de dedos.
Lanterninhas súbitas.
Escutam as orelhas-de-pau. Ssssio...
O gigante deitado
Se virou pro outro lado.
A velha Carabô
Parou de pentear os cabelos.
E o Vencido... são as duas mãos e a cabeça do
[Vencido que se arrastam.
Que se arrastam penosamente para o poço da Lua,
Para o frescor da Lua, para o leite da Lua, para a
[lua da Lua!
(Filha, onde teria ficado o resto do corpo?).

Casas

PARA CECÍLIA MEIRELES

A casa de Herédia, com grandes sonetos dependurados
[como panóplias
E escadarias de terceiro ato,
A casa de Rimbaud, com portas súbitas e enganosos
[corredores, casa-diligência-navio-aeronave-pano,
[onde só não se perdem os sonâmbulos e os
[copos de dados,
A casa de Apollinaire, cheia de reis de França e
[valetes e damas dos quatro naipes e onde a
[gente quebra admiráveis vasos barrocos correndo
[atrás de pastorinhas do século XVIII,
A casa de William Blake, onde é perigoso a gente entrar,
[porque pode nunca mais sair de lá,
A casa de Cecília, que fica sempre noutra parte...
E a casa de João-José, que fica no fundo de um
[poço, e que não é propriamente casa, mas uma
[sala-de-espera no fundo do poço.

O anjo da escada

Na volta da escada,
Na volta escura da escada.
O Anjo disse o meu nome.
E o meu nome varou de lado a lado o meu peito.
E vinha um rumor distante de vozes clamando
[clamando...
Deixa-me!
Que tenho a ver com as tuas naus perdidas?
Deixa-me sozinho com os meus pássaros...
com os meus caminhos...
com as minhas nuvens...

Veranico

Um par de tamanquinhos
Prova o timbre da manhã.

Será o Rei dos Reis,
Com os seus tamanquinhos?

Ei-lo que volta agora zumbindo num trimotor.

Um reflexo joga os seus dados de vidro.

alta
alta
E a minha janela é alta
Como o olhar dos que seguiram o vôo do primeiro
[balão
Ou como esses poleiros onde cismam imóveis as
[invisíveis cacatuas de Deus.

Cripta

Debaixo da mesa
A negrinha.
Assustada,
Assustada.
Na janela
A lua.
No relógio
O tempo.
No tempo
A casa.
E no porão da casa?
No porão da casa umas estranhas ex-criaturas
[com cabelos de teia-de-aranha e os olhos sem
[luz sem luz e todas se esfarelando que nem
[mariposas ai todas se esfarelando mas sempre
[se remexendo eternamente se remexendo como
[anêmonas fofas no fundo de um poço de um
[poço!

O poema do amigo

Estranhamente esverdeado e fosfóreo,
Que de vezes já o encontrei, em escusos bares
[submarinos,
O meu calado cúmplice!

Teríamos assassinado juntos a mesma datilógrafa?
Encerráramos um anjo do Senhor nalgum escuro
[calabouço?
Éramos necrófilos
Ou poetas?
E aquele segredo sentava-se ali entre nós todo o
[tempo,
Como um convidado de máscara.

E nós bebíamos lentamente a ver se recordávamos...

E através das vidraças olhávamos os peixes
[maravilhosos e terríveis cujas complicadas formas
[eram tão dificeis de compreender como os nomes
[com que os catalogara Marcus Gregorovius na
[sua monumental *Fauna Abyssalis*.

Obsessão do mar oceano

Vou andando feliz pelas ruas sem nome...
Que vento bom sopra do Mar Oceano!
Meu amor eu nem sei como se chama,
Nem sei se é muito longe o Mar Oceano...
Mas há vasos cobertos de conchinhas
Sobre as mesas... e moças nas janelas
Com brincos e pulseiras de coral...
Búzios calçando portas... caravelas
Sonhando imóveis sobre velhos pianos...
Nisto,
Na vitrina do bric o teu sorriso, Antínous,
E eu me lembrei do pobre imperador Adriano,
De su'alma perdida e vaga na neblina...
Mas como sopra o vento sobre o Mar Oceano!
Se eu morresse amanhã, só deixaria, só,
Uma caixa de música
Uma bússola
Um mapa figurado
Uns poemas cheios da beleza única
De estarem inconclusos...
Mas como sopra o vento nestas ruas de outono!
E eu nem sei, eu nem sei como te chamas...
Mas nos encontraremos sobre o Mar Oceano,
Quando eu também já não tiver mais nome.

Sempre

Jamais se saberá com que meticuloso cuidado
Veio o Todo e apagou o vestígio de Tudo
E
Quando nem mais suspiros havia
Ele surgiu de um salto
Vendendo súbitos espanadores de todas as cores!

Função

Varri-me como uma pista.
Frescor de adro, pureza um pouco triste
De página em branco... Mas um bando
De moças enche o recinto de pestanas.
Mas entram inquietos pôneis.
Ridículos.
Ergo os braços, escorre-me o riso pintado
E uma pura pura lágrima
Que estoura como um balão.

A menina

Ao longo dos muros da morte
Corre a menina com o arco.
O vento agita-lhe a saia florida
E a terra negra nem lhe imprime o rastro...

Depois

Nem a coluna truncada:
Vento.
Vento escorrendo cores.
Cor dos poentes nas vidraças.
Cor das tristes madrugadas.
Cor da boca...
Cor das tranças...
Ah,
Das tranças avoando loucas
Sob sonoras arcadas...
Cor dos olhos...
Cor das saias
Rodadas...
E a concha branca da orelha
Na imensa praia
Do tempo.

A canção

Era a flor da morte
E era uma canção...

Tão linda que só se poderia ler dançando

E que nada dizia
Em sua graça ingênua
Dos subterrâneos êxtases e horrores em que estavam
[mergulhadas as suas raízes...
Mas estava fragilmente pintada sobre o véu do
[silêncio

Onde a morta jazia com os seus cabelos esparsos
Com os seus dedos sem anéis
Com os seus lábios imóveis

E que talvez houvessem desaprendido para sempre
[até as sílabas com que outrora pronunciavam meu
[nome...
Onde a morta jazia, na sua misteriosa ingratidão!

Era uma pobre canção,
Ingênua e frágil,
Que nada dizia...

O cais

Naquele nevoeiro
Profundo profundo...
Amigo ou amiga,
Quem é que me espera?

Quem é que me espera,
Que ainda me ama,
Parado na beira
Do cais do Outro Mundo?

Amigo ou Amiga
Que olhe tão fundo
Tão fundo em meus olhos
E nada me diga...

Que rosto esquecido...
Ou radiante face
Puro sorriso
De algum novo amor?!

O poema

O poema é uma pedra no abismo,
O eco do poema desloca os perfis:
Para bem das águas e das almas
Assassinemos o poeta.

Boca da noite

No espelho roto das poças d'água
O céu entristece...
Jesus Cristo encontrou o Menino Jesus.
Houve uma leve hesitação no ar...
Houve, de fato, qualquer cousa no ar...
Meu amigo morto me pediu um cigarro.
O que seria que aconteceu?
Todas as vitrinas de repente iluminaram-se...
E há uma estrela morta em cada poça d'água...

As pálpebras estão descidas

As pálpebras estão descidas
E as mãos em cruz sobre o peito...
Mas quem é que pisa vidros?
Quem estala dedos no ar?
As pálpebras estão descidas.
Não mastigues folhas secas!
Não mastigues folhas secas,
Que te pode fazer mal...
— Quem é que canta no mar? —
As mãos repousam no peito.
E eu quero ver se bem cedo
Pescam meu corpo em Xangai.

Noturno

Não sei por que, sorri de repente
E um gosto de estrela me veio na boca...
Eu penso em ti, em Deus, nas voltas inumeráveis
[que fazem os caminhos.
Em Deus, em ti, de novo...
Tua ternura tão simples...
Eu queria, não sei por que, sair correndo descalço
[pela noite imensa
E o vento da madrugada me encontraria morto
[junto de um arroio,
Com os cabelos e a fronte mergulhados na água
[límpida...
Mergulhados na água límpida, cantante e fresca de
[um arroio!

As belas, as perfeitas máscaras

As belas, as perfeitas máscaras de perfil severo
Que a morte, no silêncio, esculpe,
Encheram-se de uma estranha claridade...
Que anjos tocam, através do mundo e das estrelas,
Através dos sensíveis rumores,
O canto grave dos violoncelos profundos?
Alma perdida, vagabunda, Messalina sonâmbula,
[insaciada...
Que procuras na noite morta, Alma transviada,
Com tuas mãos vazias e tristes?
Cantam os violoncelos... A noite sobe como um
[balão...
Meus olhos vão ficando cada vez mais lúcidos...
Soluçam os violoncelos... Ah,
Como é gelado o teu lábio,
Pura estrela da manhã!

A noite

A Noite é uma enorme Esfinge de granito negro
Lá fora.
Eu acendo a minha lâmpada de cabeceira.
Estou lendo Sherlock Holmes.
Mas, nos ventres, há fetos pensativos
[desenvolvendo-se...
E há cabelos que estão crescendo, lentamente,
[por debaixo da terra,
Junto com as raízes úmidas...
E há cânceres... cânceres... distendendo-se como
[lentos dedos.
Impossível, meu caro doutor Watson, seguir o fio
[desta sua confusa e deliciosa história.
A Noite amassa pavor nas entrelinhas.
E um grude espesso, obscuro...
Vontade de gritar claros nomes serenos
PALLAS NAUSICAA ATHENA Ai, mas os deuses se foram...
Só tu aí ficaste...
Só tu, do fundo da noite imensa, a agonizares
[eternamente na tua cruz!...

Os caminhos estão cheios de tentações

Os caminhos estão cheios de tentações.
Os nossos pés arrastam-se na areia lúbrica...
Oh! tomemos os barcos das nuvens!
Enfunemos as velas dos ventos!
Os nossos lábios tensos incomodam-nos como
[estranhas mordaças.
Vamos! vamos lançar no espaço — alto, cada vez
mais alto! — a rede das estrelas...
Mas vem da terra, sobe da terra, insistente, pesado,
Um cheiro quente de cabelos...
A Esfinge mia como uma gata.
E o seu grito agudo agita a insônia dos adolescentes
[pálidos,
O sono febril das virgens nos seus leitos.
De que nos serve agora o Cristo do Corcovado?!
Há um longo, um arquejante frêmito nas palmeiras,
[em torno...
A Noite negra, demoradamente,
Aperta o mundo entre os seus joelhos.

Ao longo das janelas mortas

Ao longo das janelas mortas
Meu passo bate as calçadas.
Que estranho bate!... Será
Que a minha perna é de pau?
Ah, que esta vida é automática!
Estou exausto da gravitação dos astros!
Vou dar um tiro neste poema horrível!
Vou apitar chamando os guardas, os anjos, Nosso Senhor,
[as prostitutas, os mortos!
Venham ver a minha degradação,
A minha sede insaciável de não sei o quê,
As minhas rugas.
Tombai, estrelas de conta,
Lua falsa de papelão,
Manto bordado do céu!
Tombai, cobri com a santa inutilidade vossa
Esta carcaça miserável de sonho...

Momento

E, de repente,
Todas as coisas imóveis se desenharam mais nítidas
[no silêncio
As pálpebras estavam fechadas.
Os cabelos pendidos.
E os anjos do Senhor traçavam cruzes sobre as
[portas.

No silêncio terrível

No silêncio terrível do Cosmos
Há de ficar uma última lâmpada acesa.
Mas tão baça
Tão pobre
Que eu procurarei, às cegas, por entre os papéis
[revoltos,
Pelo fundo dos armários,
Pelo assoalho, onde estarão fugindo imundas
[ratazanas,
O pequeno crucifixo de prata
— O pequenino, o milagroso crucifixo de prata que
[tu me deste um dia
Preso a uma fita preta.
E por ele os meus lábios convulsos chorarão
Viciosos do divino contato da prata fria...
Da prata clara, silenciosa, divinamente fria — morta!
E então a derradeira luz se apagará de todo...

Bar

No mármore da mesa escrevo
Letras que não formam nome algum.
O meu caixão será de mogno,
Os grilos cantarão na treva...
Fora, na grama fria, devem estar brilhando as gotas
[pequeninas do orvalho.
Há, sobre a mesa, um reflexo triste e vão
Que é o mesmo que vem dos óculos e das carecas.
Há um retrato do Marechal Deodoro proclamando a
[República.
E de tudo irradia, grave, uma obscura, uma lenta
[música...
Ah, meus pobres botões! eu bem quisera traduzir,
[para vós, uns dois ou três compassos do Universo!...
Infelizmente não sei tocar violoncelo...
A vida é muito curta, mesmo...
E as estrelas não formam nenhum nome.

Cântico

O vento verga as árvores, o vento clamoroso da
[aurora...
Tu vens precedida pelos vôos altos,
Pela marcha lenta das nuvens.
Tu vens do mar, comandando as frotas do
[Descobrimento!
Minh'alma é trêmula da revoada dos Arcanjos.
Eu escancaro amplamente as janelas.
Tu vens montada no claro touro da aurora.
Os clarins de ouro dos teus cabelos cantam na luz!

BIBLIOGRAFIA DO AUTOR

OBRAS PUBLICADAS

A rua dos cataventos. Porto Alegre: Globo, 1940.
Canções. Porto Alegre: Globo, 1946.
Sapato florido. Porto Alegre: Globo, 1948.
O batalhão das letras (infantil). Porto Alegre: Globo, 1948.
O aprendiz de feiticeiro. Porto Alegre: Fronteira, 1950.
Espelho mágico. Porto Alegre: Globo, 1951.
Inéditos e esparsos. Alegrete: Cadernos do Extremo Sul, 1953.
Poesias. Porto Alegre: Globo, 1962.
Antologia poética.[seleção de Rubem Braga e Paulo Mendes Campos]. Rio de Janeiro: Editora do Autor, 1966.
Caderno H. Porto Alegre: Globo, 1973.
Pé de pilão (infantil). Porto Alegre: Garatuja, 1975.
Apontamentos de história sobrenatural. Porto Alegre: Globo & IEL, 1976.
Quintanares. Porto Alegre: MPM, 1976.
A vaca e o hipogrifo. Porto Alegre: Garatuja, 1977.
Prosa e verso (antologia). Porto Alegre: Globo, 1978.
Na volta da esquina (antologia). Porto Alegre: Globo, 1979.
Esconderijos do tempo. Porto Alegre: L&PM, 1980.
Nova antologia poética. Rio de Janeiro: Codecri, 1981.
Lili inventa o mundo. Porto Alegre: Mercado Aberto, 1983.
Mario Quintana. Coleção melhores poemas. [seleção e introdução de Fausto Cunha]. São Paulo: Global, 1983.

Nariz de vidro. seleção Mery Weiss. São Paulo: Moderna, 1984.

O sapo amarelo. seleção Mery Weiss. Porto Alegre: Mercado Aberto, 1984.

Primavera cruza o rio. (paradidático). org. Maria da Glória Bordini. Porto Alegre: Globo, 1985.

Diário poético. Porto Alegre: Globo, 1985.

Nova antologia poética. Porto Alegre: Globo, 1985.

Baú de espantos. Porto Alegre: Globo, 1986.

80 anos de poesia. (antologia). org. e estudo introdutório de Tania Franco Carvalhal. Porto Alegre: Globo, 1986.

Da preguiça como método de trabalho. Rio de Janeiro: Globo, 1987.

Preparativos de viagem. Rio de Janeiro: Globo, 1987.

Porta giratória. Rio de Janeiro: Globo, 1988.

A cor do invisível. Rio de Janeiro: Globo, 1989.

Antologia poética de Mario Quintana. seleção e apresentação de Walmir Ayala. Rio de Janeiro: Ediouro, 1989.

Velório sem defunto. Porto Alegre: Mercado Aberto, 1990.

Sapato furado. (infantil). São Paulo: FTD, 1994.

Anotações poéticas. Mario Quintana. São Paulo: Globo, 1996.

Antologia poética. [Seleção de Sérigo Faraco]. Porto Alegre: L&PM, 1997.

Água. Os últimos textos de Mario Quintana. Porto Alegre: Artes e Ofícios, 2001.

OBRAS PUBLICADAS NO EXTERIOR

Objetos perdidos y otros poemas: antologia bilingüe. Estúdio introductorio, notas y selección de Santiago Kovadloff. Tradução de Estela dos Santos. Buenos Aires: Calicanto, 1979.

Mario Quintana. Poemas. Tradução de César Calvo, Prólogo de Peter Elmore. Lima, Peru: Centro de Estudios Brasileños, 1984.

OBRA TRADUZIDA

Chew me up slowly. Tradução de Maria da Glória Bordini e Diane Grosklaus. Porto Alegre: Globo/Riocell, 1978.

PUBLICAÇÕES EM ANTOLOGIAS (BRASIL)

AYALA, Walmir & BANDEIRA, Manuel. *Antologia de poetas brasileiros*. Rio de Janeiro: Edições de Ouro, 1967.

BANDEIRA, Manuel. *Obras primas da lírica portuguesa*. São Paulo: Martins Ed., 1943.

CRISTALDO, Janer. *Assim escrevem os gaúchos:* autores editados. São Paulo: Alfa-Omega, 1976.

Dicionário antológico das literaturas portuguesa e brasileira. São Paulo: Formar, 1971.

FACHINELLI, Nelson da Lenita. *Trovadores do Rio Grande do Sul*. Porto Alegre: Sulina, 1972.

HOHFELDT, Antonio. *Antologia da literatura rio-grandense contemporânea*. Porto Alegre: L&PM, 1979.

KRANZ, Patrícia & HENRIQUES NETO, Afonso. *Te quero verde: poesia e consciência ecológica*. Rio de Janeiro, 1982.

KOPKE, Carlos Burlamaqui. *Antologia da poesia brasileira moderna: 1922-1947*. São Paulo: Clube de Poesia de São Paulo, 1953.

LISBOA, Henriqueta. *Antologia poética para a infância e a juventude*. Rio de Janeiro: INL, 1961.

LOANDA, Fernando de. *Antologia da moderna poesia brasileira*. Rio de Janeiro: Orpheu, 1967.

MACHADO, Antônio Carlos. *Coletânea de poetas sul-rio-grandenses*. Rio de Janeiro: Minerva, 1952.

NOGUEIRA, Julio. *Poesia nossa*. Rio de Janeiro: Gráf Laemmert, 1954.

MEIRELES, Cecília *et alii*. *Para gostar de ler*. São Paulo: Ática, 1980.

Porto Alegre ontem e hoje. Porto Alegre: Movimento, 1971.

RAMOS, Péricles Eugênio da Silva. *Poesia moderna*. São Paulo: Melhoramentos, 1976.

PUBLICAÇÕES EM ANTOLOGIAS (EXTERIOR)

ANTOLOGIA DE LA POESÍA BRASILEÑA: *Cuadernillos de poesía*. Buenos Aires: Nuestra América, 1959.

CRESPO, Angel. *Antología de la poesia brasileña: desde el Romanticismo a la Generación del Cuarenta y Cinco*. Barcelona: Seix Barral, 1973.

LANTEUIL, Henri de (org.). *La poésie brésilienne 1930-1940*. Rio de Janeiro: Alba, 1941.

LA VALLE, Mercedes. *Un secolo de poesia brasiliana*. Siena: Casa Ed. Maia, 1954.

FIGUEIRA, Gastón (org.). *Poesía brasileña contemporanea*. Montevidéu: Instituto de Cultura Urugayo-Brasileño, 1947.

KOVADLOFF, Santiago. *Las voces solidarias*. Buenos Aires: Calicanto, 1978.

MENDONÇA, Renato (org.). *Antologia de la poesía brasileña*. Madri: Ediciones Cultural Hispánica, 1952.

TAVARES-BASTOS, A. D. (org.). *La poésie brésilienne*. Paris: Pierre Tisné, 1954.

VERISSIMO, Erico (org.). *Brazilian literature*. Nova York: Macmillan, s.d.

KOVADLOFF, Santiago. *Las voces solidarias*. Buenos Aires: Editorial Calicanto, 1978.

TRADUÇÕES

PAPINI, Giovanni. *Palavras e sangue*. Porto Alegre: Globo, 1934.

MASYAT, Fred. *O navio fantasma*. Porto Alegre: Globo, 1937.

VARALDO, Alessandro. *Gata persa*. Porto Alegre: Globo, 1938.

LUDWIG, Emil. *Memórias de um caçador de homens*. Porto Alegre: Globo, 1939.

CONRAD, Joseph. *Lord Jim*. Porto Alegre: Globo, 1939.

STACPOOLE, H. de Vere. *A laguna azul*. Porto Alegre: Globo, 1940.

GRAVE, R. *Eu, Claudius Imperador.* Porto Alegre: Globo, 1940.
MORGAN, Charles. *Sparkenbroke.* Porto Alegre: Globo, 1941.
YUTANG, Lin. *A importância de viver.* Porto Alegre: Globo, 1941.
BRAUN, Vicki. *Hotel Shangai.* Porto Alegre: Globo, 1942.
FULOP-MILLER, René. *Os grandes sonhos da humanidade.* Porto Alegre: Globo, 1942 (em parceria com R. Ledoux).
MAUPASSANT, Guy de. *Contos.* Porto Alegre: Globo, 1943.
LAMB, Charles & LAMB, Mary Ann. *Contos de Shakespeare.* Porto Alegre: Globo, 1943.
MORGAN, Charles. *A fonte.* Porto Alegre: Globo, 1944.
MAUROIS, André. *Os silêncios do coronel Branble.* Porto Alegre: Globo, 1944.
LEHMANN, Rosamond. *Poeira.* Porto Alegre: Globo, 1945.
JAMES, Francis. *O albergue das dores.* Porto Alegre: Globo, 1945.
LAFAYETTE, Condessa de. *A princesa de Clèves.* Porto Alegre: Globo, 1945.
BEAUMARCHAIS. *O barbeiro de Sevilha ou a precaução inútil.* Porto Alegre: Globo, 1946.
WOOLF, Virginia. *Mrs. Dalloway.* Porto Alegre: Globo, 1946.
PROUST, Marcel. *No caminho de Swann.* Porto Alegre: Globo, 1948.
BROWN, Frederick. *O tio prodigioso.* Porto Alegre: Globo, 1951.
HUXLEY, Aldous. *Duas ou três graças.* Porto Alegre: Globo, 1951.
MAUGHAM, Somerset. *Confissões.* Porto Alegre: Globo, 1951.
PROUST, Marcel. *À sombra das raparigas em flor.* Porto Alegre: Globo, 1951.
VOLTAIRE. *Contos e novelas.* Porto Alegre: Globo, 1951.
BALZAC, Honoré de. *Os sofrimentos do inventor.* Porto Alegre: Globo, 1951.

MAUGHAM, Somerset. *Biombo chinês*. Porto Alegre: Globo, 1952.

THOMAS, Henry & ARNOLD, Dana. *Vida de homens notáveis*. Porto Alegre: Globo, 1952.

GREENE, Graham. *O poder e a glória*. Porto Alegre: Globo, 1953.

PROUST, Marcel. *O caminho de Guermantes*. Porto Alegre: Globo, 1953.

___. *Sodoma e Gomorra*. Porto Alegre: Globo, 1954.

BALZAC, Honoré de. *Uma paixão no deserto*. Porto Alegre: Globo, 1954.

MARIMÉE, Prosper. *Novelas completas*. Porto Alegre: Globo, 1954.

MAUGHAM, Somerset. *Cavalheiro de salão*. Porto Alegre: Globo, 1954.

BUCK, Pearl. *Debaixo do céu*. Porto Alegre: Globo, 1955.

BALZAC, Honoré de. *Os proscritos*. Porto Alegre: Globo, 1955.

___. *Seráfita*. Porto Alegre: Globo, 1955.

BIBLIOGRAFIA SELECIONADA SOBRE O AUTOR

ANDRADE, Carlos Drummond de. Quintana's bar. In: *Claro enigma*. Rio de Janeiro: Livraria José Olympio, 1951.

BRITO, Mario da Silva. O *fantasma sem castelo*. Rio de Janeiro: Civilização Brasileira, 1980.

BITTENCOURT, Gilda N. da Silva. *Caminhos de Mario Quintana: a formação do poeta*. Porto Alegre: UFRGS, Dissertação de Mestrado, 1983.

CAMPOS, Paulo Mendes. Carta a Mario Quintana. In: *O anjo bêbado*. Rio de Janeiro: Sabiá, 1969.

CANTER, Rita. Carta a Mario Quintana. In: *Depoimentos literários*. Porto Alegre: Edições Flama, 1971.

CARVALHAL, Tania Franco. Quintana, entre o sonhado e o vivido. In: *Mario Quintana*. Autores Gaúchos, nº 6. Porto Alegre: Instituto Estadual do Livro, 1984. [7ª ed., 1997].

____. O poeta fiel a si mesmo. In: *Quintana: 80 anos de poesia*. Antologia. Porto Alegre: Globo, 1986.

CUNHA, Fausto. Assassinemos o poeta. In: *A luta literária*. Rio de Janeiro: Lidador, 1964.

____. Antologia crítica. In: *Poetas do modernismo*. Brasília: Instituto Nacional do Livro, 1972.

____. Poesia e poética de Mario Quintana. In: *A leitura aberta*. Rio de Janeiro: Cátedra e Instituto Nacional do Livro, 1978.

FACHINELLI, Nelson. *Mario Quintana: vida e obra*. Porto Alegre: Bels, 1976.

FIGUEIREDO, Maria Virgínia Poli de. *O universo de Quintana*. Porto Alegre: Escola Superior de Teologia e Universidade de Caxias do Sul, 1976.

FIRMO, Lúcia. A melancolia em textos de Mario Quintana. In: CORREIA Francisco José Gomes; VIANA, Chico (orgs.). *O rosto no escuro de narciso: ensaios sobre literatura e melancolia*. João Pessoa: Idéia, 2004.

HECKER FILHO, Paulo. Menino perplexo, Rei de Ouros. In: *A alguma verdade*. Porto Alegre: Hiperion, 1952.

HOHFELDT, Antonio. *Antologia da literatura rio-grandense contemporânea*. Porto Alegre: L&PM, 1979.

HUPPES, Ivete Susana Kist. *A poética de Mario Quintana*. Porto Alegre: PUC-RS, 1979 (Dissertação de Mestrado).

LINHARES, Temístocles. *Diálogos sobre a poesia brasileira*. São Paulo: Melhoramentos, 1976.

LUFT, Celso Pedro. *Dicionário de literatura portuguesa brasileira*. Porto Alegre: Globo, 1967.

MARTINS, Ari. *Escritores do Rio Grande do Sul*. Porto Alegre: Editora da UFRGS e Instituto Estadual do Livro, 1978.

MEYER, Augusto. O fenômeno Quintana. In: *A forma secreta*. Rio de Janeiro: Lidador, 1965.

MILLIET, Sergio. *Panorama da moderna poesia brasileira*. Rio de Janeiro: Ministério da Educação, 1952.

___. *Dicionário crítico*. São Paulo: Martins, s.d., v. 3 e 6.

MOISÉS, Massaud. *A criação literária*. São Paulo: Melhoramentos, 1970.

PAES, José Paulo. Verbete no *Pequeno dicionário de literatura brasileira*. São Paulo, Cultrix, 1967.

RAMOS, Péricles Eugênio da Silva. Poesia moderna. In: COUTINHO, Afrânio *et alii*. *A literatura no Brasil*. São Paulo: Melhoramentos, 1966.

___. *Poesia moderna*. São Paulo: Melhoramentos, 1967.

RUAS, Tabajara. Quintana luta. In: *Mario*. Porto Alegre: CEEE, 1994.

STEEN, Edla van. Mario Quintana. In: *Viver & escrever*. Porto Alegre: L&PM, 1981, v. 1.

TÁVORA, Araken. *Encontro marcado com Mario Quintana*. Porto Alegre: L&PM, 1986.

TREVISAN, Armindo. Vôo sereno num azul do céu mais alto. In: *Mario*. Porto Alegre: CEEE, 1994.

TELES, Gilberto Mendonça. A enunciação poética de Mario Quintana. In: *A retórica do silêncio*. São Paulo: Cultrix e Instituto Nacional do Livro, 1979.

VILLAS-BOAS, Pedro. *Bibliografia sul-rio-grandense: autores*. Porto Alegre: A Nação; Instituto Estadual do Livro, 1974.

ZILBERMAN, Regina. O modernismo e a poesia de Mario Quintana. In: *A literatura no Rio Grande do Sul*. Porto Alegre: Mercado Aberto, 1980.

CRONOLOGIA*

1906 Nasce Mario Quintana, no dia 30 de julho, na cidade de Alegrete (RS), filho do farmacêutico Celso de Oliveira Quintana e Virgínia de Miranda Quintana. O avô materno, Eduardo Jorge de Miranda, e o avô paterno, Cândido Manoel de Oliveira Quintana, eram médicos.

1914 Freqüenta a Escola Elementar mista de d. Mimi Coutinho.

1915 Freqüenta a escola do professor português Antônio Cabral Beirão, concluindo o curso primário.

1919 É matriculado no Colégio Militar de Porto Alegre, em regime de internato.

1924 Emprega-se na Livraria do Globo, trabalhando com Mansueto Bernardi durante três meses.

1925 Retorna a Alegrete, onde trabalha como prático na farmácia de seu pai.

* Elaborada a partir de KANTER, Suzana. Cronologia da vida e da obra de Mario Quintana. In: *Mario Quintana. Autores Gaúchos,* n. 6. Porto Alegre: Instituto Estadual do Livro, 1997, e de Pedro Villas-Boas In: *Mario Quintana, vida e obra*, de Nelson Fachinelli, Porto Alegre: Bels, 1976.

1926 Falece sua mãe. É premiado em um concurso de contos do jornal *Diário de Notícias* com o trabalho "A sétima personagem".

1927 Falece seu pai. Um poema seu é publicado por Álvaro Moreyra na revista *Para Todos*, do Rio de Janeiro.

1929 Ingressa na redação do jornal *O Estado do Rio Grande*, dirigido por Raul Pilla, em Porto Alegre.

1930 Colabora com a *Revista do Globo*, de Porto Alegre. Em outubro, alista-se como voluntário no Sétimo Batalhão de Caçadores e vai para o Rio de Janeiro, onde permanece seis meses.

1934 Sua primeira tradução, do livro *Palavras e sangue*, de Giovanni Papini, é publicada pela Editora Globo, de Porto Alegre. Traduz ainda, entre outros autores, Marcel Proust, Guy de Maupassant, Virginia Woolf, Aldous Huxley, Somerset Maughan e Joseph Conrad.

1940 Publica *A rua dos cataventos,* livro de sonetos, pela Editora Globo, de Porto Alegre.

1943 Inicia a publicação *Do caderno H,* na *Revista Província de São Pedro.*

1946 Publica *Canções*, poemas, pela Editora Globo de Porto Alegre.

1948 Publica *Sapato florido*, poesia e prosa, pela Editora Globo, de Porto Alegre. A mesma editora publica *O batalhão das letras.*

1950 Publica *O aprendiz de feiticeiro*, poemas, pela Editora Fronteira, de Porto Alegre.

1951 Publica *Espelho mágico*, coleção de quartetos, pela Editora Globo, de Porto Alegre, com apresentação de Monteiro Lobato.

1953 Publica *Inéditos e esparsos* pela Editora Cadernos do Extremo Sul, de Alegrete.
Começa a trabalhar no jornal *Correio do Povo*, onde publica *Do caderno H*.

1962 Publica *Poesias*, volume que reúne seus cinco livros anteriores editados pela Editora Globo e Divisão de Cultura da Secretaria de Educação e Cultura do Rio Grande do Sul.

1965 Lançamento de um disco com poemas interpretados pelo autor.

1966 Publica *Antologia poética*, organizada por Rubem Braga e Paulo Mendes Campos pela Editora do Autor, do Rio de Janeiro. Em dezembro recebe o Prêmio Fernando Chinaglia para o "melhor livro do ano" por esta *Antologia*.
No dia 30 de julho completa 60 anos.
No dia 25 de agosto é saudado na Sessão da Academia Brasileira de Letras por Augusto Meyer e Manuel Bandeira.

1967 Recebe o título de Cidadão Honorário de Porto Alegre, conferido pela Câmara de Vereadores.
Começa a publicar a seção *Do caderno H* no suplemento literário "Caderno de Sábado" do jornal *Correio do Povo*. A colaboração se estenderá até 1980.

1968 É homenageado pela Prefeitura de Alegrete com uma placa em bronze onde estão inscritas suas palavras: "Um engano em bronze é um engano eterno".
Falece seu irmão mais velho, Milton.

1973 Publica o livro *Caderno H*, com textos em prosa selecionados pelo autor para a Editora Globo.

1975 Publica *Pé de pilão*, poesia infanto-juvenil, co-edição do Instituto Estadual do Livro/DAC/SEC com a Editora Garatuja e introdução de Erico Verissimo.

1976 Recebe a medalha "Negrinho do Pastoreio" do Governo do Estado do Rio Grande do Sul quando completa 70 anos.
Publica *Apontamentos de história sobrenatural*, poesia, pelo Instituto Estadual do Livro/DAC/SEC e Editora Globo.
Publica *Quintanares*, edição-brinde de poesias, distribuída pela MPM Propaganda.

1977 Publica *A vaca e o hipogrifo* pela Editora Garatuja, de Porto Alegre.
Recebe o prêmio Pen Clube de Poesia Brasileira por seu livro *Apontamentos de história sobrenatural*.

1978 Publica *Prosa & verso*, antologia paradidática, pela Editora Globo.
Publica *Chew me up slowly*, tradução do *Caderno H* por Maria da Glória Bordini e Diane Grosklaus, pela Editora Globo e Riocell.
Falece sua irmã Marietta Quintana Leães.

1979 Publica *Na volta da esquina*, antologia, na coleção RBS-Editora Globo.

Em Buenos Aires, publica *Objetos perdidos y otros poemas*, tradução de Estela dos Santos, organizado por Santiago Kovadloff.

1980 Publica *Esconderijos do tempo*, pela L&PM Editores.
Recebe o prêmio Machado de Assis, da Academia Brasileira de Letras, pelo conjunto de sua obra literária, no dia 17 de julho.
Com Cecília Meireles, Vinicius de Moraes e Henriqueta Lisboa, integra o sexto volume da coleção didática *Para gostar de ler*, da Editora Ática, de São Paulo.

1981 Publica *Nova antologia poética*, pela Codrecri, do Rio de Janeiro.
Retoma a publicação dos textos *Do caderno H*, no suplemento literário "Letras & Livros", do *Correio do Povo* até 1984, quando o jornal encerra temporariamente suas atividades.

1982 Em 29 de outubro, recebe o título de Doutor Honoris Causa, concedido pela Universidade Federal do Rio Grande do Sul.

1983 Publica *Lili inventa o mundo*, seleção de textos por Mery Weiss, pela Editora Mercado Aberto, de Porto Alegre.
Na coleção *Os melhores poemas*, da Global Editora, de São Paulo, é publicada uma antologia com organização de Fausto Cunha.
Na III Festa Nacional do Disco, em Canela (RS), é lançado o álbum duplo *Antologia poética de Mario Quintana*, pela Gravadora Polygram.
O prédio do Hotel Majestic, tombado como patrimônio histórico do Estado em 1982, torna-se Casa de Cultura Mario Quintana por meio de lei promulgada em

8 de julho de 1983. Nesse hotel o poeta viveu de 1968 a 1980.

1984 Publica *Nariz de vidro*, seleção de textos de Mery Weiss, pela Editora Moderna, de São Paulo.
O batalhão das letras sai em 2ª edição, pela Editora Globo.
Lança *O sapo amarelo*, pela Editora Mercado Aberto, na XXXª Feira do Livro de Porto Alegre.
Publicação de *Mario Quintana. Poemas*, tradução de César Calvo, em Lima, Peru, pelo Centro de Estudios Brasileños.

1985 Publicação do álbum *Quintana dos 8 aos 80*, Relatório da Diretoria SAMRIG 1985, com texto analítico e pesquisa de Tania Franco Carvalhal, fotografia de Liane Neves, ilustrações de Liana Timm e projeto gráfico de Marilena Gonçalves. Lança a antologia paradidática *Primavera cruza o rio*, organização de Maria da Glória Bordini, Porto Alegre, Globo. Lança igualmente pela mesma editora *Diário Poético* e *Nova Antologia Poética*.

1986 Patrono da XXXI Feira do Livro de Porto Alegre, em 25 de outubro, é saudado por Tania Franco Carvalhal.
Lançamento da antologia *80 anos de poesia*, organizada por Tania Franco Carvalhal para a Editora Globo (agora adquirida pelas Organizações Globo), nos 80 anos do poeta.
Publica *Baú de espantos*, pela Editora Globo, reunião de 99 poemas inéditos (1982-86).
Recebe os títulos de Doutor Honoris Causa da Universidade do Vale do Rio dos Sinos (Unisinos) e da Pontifícia Universidade Católica do Rio Grande do Sul (PUCRS).

1987 Publica *Da preguiça como método de trabalho*, pela Editora Globo, coletânea de crônicas da seção *Do caderno H*, do jornal *Correio do Povo*.
Publica *Preparativos de viagem*, pela Editora Globo.

1988 Publica *Porta giratória*, pela Editora Globo, reunião de escritos em prosa.

1989 Publica *A cor do invisível*, pela Editora Globo, e *Antologia Poética de Mario Quintana*, seleção de Walmir Ayala, Rio de Janeiro, Ediouro.
Recebe os títulos de Doutor Honoris Causa da Universidade de Campinas (Unicamp) e da Universidade Federal do Rio de Janeiro (UFRJ).
É eleito o Príncipe dos Poetas Brasileiros, entre escritores de todo o país, em promoção da Academia Nilopolitana de Letras, Centro de Memórias e Dados de Nilópolis e o jornal *A Voz dos Municípios Fluminenses*. É o quinto poeta a receber esse título. Seus antecessores: Olavo Bilac, Alberto Oliveira, Olegário Mariano e Guilherme de Almeida.

1990 Publica *Velório sem defunto*, poemas inéditos, pela Mercado Aberto, Porto Alegre.

1992 Lançamento, em edição comemorativa, de *A rua dos cataventos*, pela Editora da UFRGS.

1993 Poemas inéditos publicados na *Revista Poesia Sempre*, da Fundação Biblioteca Nacional/Departamento Nacional do Livro.
Integra a antologia bilíngüe *Marco Sul/Sur-Poesia*, publicada pela Editora Tchê!.
Seu texto *Lili inventa o mundo* recebe montagem para teatro infantil de Dilmar Messias.

Treze de seus poemas são musicados pelo maestro Gil de Rocca Sales.

1994 Publicação de *Sapato furado*, pela Editora FTD – antologia infanto-juvenil de poemas e prosa poética, com pósfacio de Sergio Faraco.
Publicação de textos no número 211 da revista literária *Liberté*, editada em Montreal, Quebec, Canadá.
Publicação pelo Instituto Estadual do Livro (RS) de *Cantando o imaginário do poeta*, espetáculo musical constituído de poemas musicados pelo maestro Adroaldo Cauduro e apresentado no teatro Bruno Kiefer pelo Coral da Casa de Cultura Mario Quintana.
Falece no dia 5 de maio.

Este livro, composto nas fontes Garamond e Myriad MM,
foi impresso em pólen print 120 g na Imprensa da Fé.
São Paulo, Brasil, outono de 2006